目錄

蔡喻安

台南女中百三級會當講是代先熟似丁窈窕學姊ê一屆。

頭起先阮kan-na知影有一位學姊，號做丁窈窕，是白色恐怖ê受難者，伊hâm台南女中有tsiânn密切koh袂講得ê關係。

Hit冬我高三，猶未有hiah-nī濟人知影丁窈窕，mā無啥物丁窈窕樹。

一直到有一工，我接tiòh一通電話，老師愛我緊來校門口，講是郭振純先輩beh來阮學校，kánn-ná是有啥代誌ê款。因為捌參加陳文成基金會ê營隊，hit時ê我已經對白色恐怖有kuá了解，自然mā聽過郭振純先輩ê名姓。雖bóng hit通電話無講kah蓋清楚，毋過，kan-na聽tiòh郭振純tsit 3字，我tiō想講：我一定愛去。

紲落來，阮行去hit欉後來hông叫做丁窈窕樹ê金龜樹跤，聽郭振純先輩講丁窈窕ê故事。

先輩講，窈窕學姊ê精神會繼續tī tsia看顧後來ê每一个人。

一世人毋知有偌濟時陣，會感覺tiòh歷史ê重量。

Tī hit-tang-tsūn，我tsin-tsiànn感覺足重足重。

後來，阮tī學校開始寫文章kap演講來紹介tsit位學姊。

Koh來，丁窈窕樹tsiânn-tsuè hit欉樹á ê名。

毋過，我猶是tiānn-tiānn問我家己，beh按怎hōo逐家來認捌tsit个人、tsit段歷史leh？對台南女中來講，

「丁窈寋樹」ê意義到底是啥物？Tī校園人權地景有啥款特別ê所在？Koh-khah重要ê是，tsit个人，iah是tsit層代誌，對「我」來講，有啥款ê意義？

Tsit本繪本敢會是一句解答？

開始寫進前我感覺是；寫了後，我感覺tsit本冊kan-na是一个句讀niā-niā。是講，上無阮總算有完成寡物件出來ah。總是，文章會繼續寫落去，定著會有koh-khah濟來來去去ê南女學生同齊來為tse奉獻青春。

——共生音樂節ê成員，tsit-má tī「台灣民間真相與和解促進會」食頭路。
有時陣會khah gín-á性寫一寡字，tiānn-tiānn會出現tī人權ê議題。看過mā經過失敗，m̄-koh猶是相信每一个看起來若無啥物ê行動lóng有可能hōo台灣iah是這个世界變kah koh-khah好一點á。嘉義布袋人，àn土地來，掛意ê是部落，認同ê是台灣。

謝沂珍

收tiòh繪本原稿ê時，我tsiânn緊tiō讀過一遍，發覺tse是我tsin熟似ê故事，看tiòh學姊kap學妹用tsit个全新ê方式來表現，實在足迷人。所以，雖然我有一段時間無leh做台語翻譯ê工課ah，我iah是無躊躇tiō答應ah。

在我，翻譯是tsin四常ê，毋過beh翻做台語確實加tsin厚工，除了愛kā練演講久年所累積ê一句一字提出來用，逐擺lóng kan-na全新ê學習過程，tiòh愛tiānn-tiānn查看教育部ê台語常用詞辭典kap別ê網路資源，來檢驗家己寫ê敢有毋tiòh，甚至愛tiānn-tiānn問阮兜ê序大人，一句一字lóng tiòh愛斟酌，想講beh án-tsuánn寫才會khah有

伊捌講過，hit-tang-tsūn是伊人生上歡喜ê時。

Hit-tang-tsūn，世界tsiânn簡單，幸福mā tsin簡單。

Hit-tang-tsūn，伊tng青春、tng美麗。

1941年hit時，台灣iá-koh hōo日本統治，

hit冬，伊入去台南州立第二高等女學校讀冊。

伊tī二高女讀冊ê時，雖bóng講車衫、畫圖tsia ê課mā是愛去上，毋過會當學習ê科目已經加tsin濟。

就án-ne，伊ê世界變kah koh-khah開闊ah。

「你好，你號做啥物名？」

「你好，我號做丁窈窕（Ting Iáu-Thiáu），請多多指教。」

「請多多指教。」

「咱tsit-má來選班長。

　敢有人beh提名？」

「老師，我beh提名丁窈窕。」

就án-ne，伊tsiânn-tsuè班長。

伊相信，伊永遠會記
得，家己是tī tó一冬、
tó一個月畢業ê。
因為hit個月，伊所徛起ê所在，
hōo無情ê炸彈大爆擊。
美國ê飛行機、空襲ê聲音、歹鼻ê火藥味，
lām-lām-tsham-tsham tsiânn-tsuè伊ê畢業歌。

Hit冬，伊18歲。

就tī混亂、驚惶ê時，伊離開校園。

仝年八月，日本宣佈無條件降伏，第二擺世界大戰總算結束ah。

戰爭結束了後，伊掠準講hiah-nī-á艱苦ê代誌lóng袂koh發生ah。

無想tiȯh，兩冬了後，

伊竟然看tiȯh hit个號做「祖國」ê政府對台灣人彈銃。

一个koh一个受tiȯh台灣人尊敬ê人hông銃殺，包含台南ê湯德章先生。

一个koh一个各行各業本成leh替台灣人發聲ê頭人，

suah無法度koh再出聲ah。

軍隊àn基隆上岸，沿路掃落南，

銃子kā台灣變做一个無聲無說ê島嶼。

雖bóng已經袂當公開談論，毋過伊hâm朋友iá是會偷偷á交換家己知影ê消息。

聽朋友講，1947 hit年，kán-ná一个無聲ê大爆擊，

kā台灣人彈kah啥物lóng無tshun。

Mā親像是一个恐怖ê、永遠看袂tiȯh尾ê

故事，總是án-ne，過無幾日á，

就koh有人kán-ná tī這个世間無去ah。

等到koh再有消息ê時，

in kan-na tshun hông寫tiàm

報紙頂頭ê名姓niā-niā。

伊tiānn-tiānn leh想。

「為啥物會án-ne？」

「Án-ne敢真正無毋tio̍h？」

「啥人會當來解答？」

「有啥物是我會當做ê？」

伊ê gín-á mā是tiàm監牢內底生ê。

Gín-á ê出世毋nā hōo伊感覺歡喜，mā hōo伊看tiȯh希望。

逐家lóng足kah意伊ê gín-á，水環kui工lóng leh講beh做衫hōo伊ê gín-á穿。

Hit當時雖bóng有khah幸福，毋過暗時家己一个人ê時，伊就開始操煩。

「媽媽足想beh足想beh tiàm-tī你ê身軀邊，
　　　陪你大漢。」伊細細聲kā gín-á講。

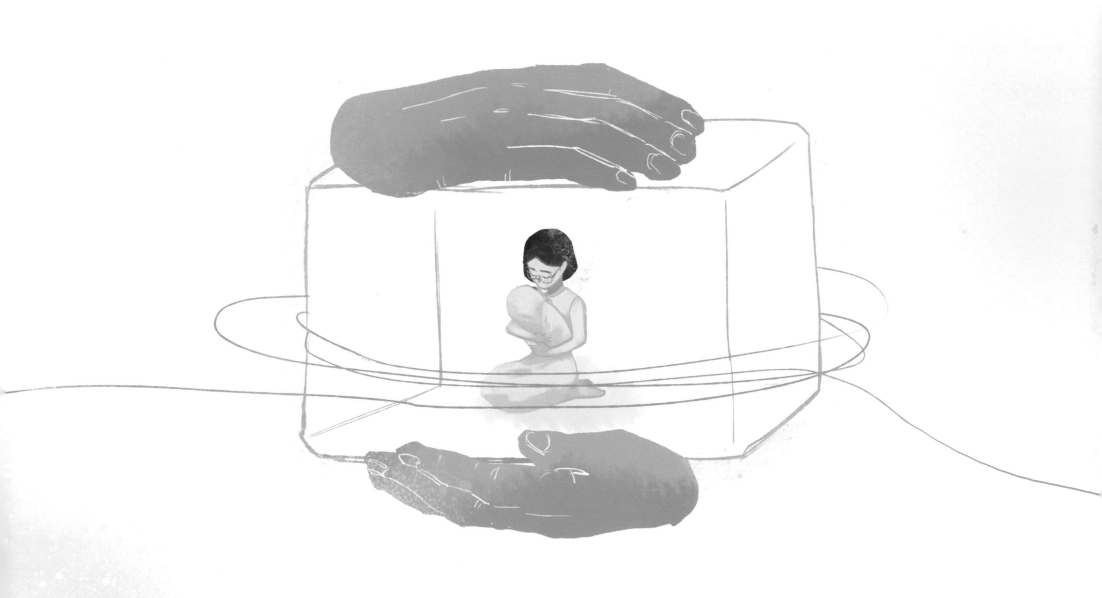

因為驚家己會tú-tiòh歹代誌，伊想beh留一寡物件落來。

所以伊tī放封場hia ê樹á跤khǹg一個篋á。

伊想辦法kā一個hâm伊鬥陣反抗政府ê朋友講tsit層代誌，

希望講tsit個朋友會當看tiòh hit張批，

會當kā代表伊家己ê hit簇頭毛tshuā離開hit個無自由ê世界。

「丁窈窕，你有特別接見。」

過足濟冬了後，郭桑kā當年hit个篋á tsah來台南女中。

台南女中就hâm tsia–ê人仝款，lóng tuè時間leh改變。

Tsit-má台南女中ê地址，mā已經毋是早前

台南州立第二高等女學校ê所在ah。

毋過郭桑相信，伊應該是袂去計較tse，因為毋管世界按怎變化，tsit个所在ê青春hâm幸福永遠lóng袂變。

「Tsia lóng是解嚴了後才出世ê gín-á。」

「就hōo你tuà tiàm tsia，看顧你ê學妹，án-ne敢好？」

伊ê時間擋恬ah，外口ê時間suah lóng無停睏。

伊ê時鐘tiānn去ah，外口ê時鐘suah親像走馬燈猶原轉無停。

1年、10年、60年，有人早就袂記了了ah，

有人suah永遠袂當放袂記。

1冬、10冬、60冬，有人已經lóng想袂起來ah，

mā有人iah-koh記牢牢。

一世人若是有夠長，夢想毋知會有偌濟。伊tsit世人短短，

已經袂當繼續做眠夢。

一世人若是有夠長，應該會有足濟ê美夢kap理想。

伊tsit世人短短，袂當koh做夢ah。

毋過，伊iah-koh會記得，上尾ê美夢，是自由。

總是，伊猶原看見，最後ê願望、到尾ê理想，是自由。

Tng-tong司法hōo權威控制，權威tiō是司法

Hit時tú好是政權轉換ê期間，郵電機關內底有tsin濟員工lóng會去補習班學「國語」，丁窈窕參加ê國語補習班，是計梅真、錢靜芝tsit兩个共產黨幹部開ê。

Tsit兩个人hōo人掠去了後，in所經營ê國語補習班mā hông檢舉，致使幾个學員受到牽連。判決書頂頭寫講，丁窈窕受共產黨ê指示，發展「台灣青年民主協進會」。毋過，hit-tang-tsūn酷刑審問kap假ê自白tsiânn四常，判決書頂頭寫ê mā bô-it-tīng是事實，kan-na知影講，tsit款毋知真iah是假ê判決書，會當奪走人ê性命。丁窈窕suà kap千千萬萬ê白色恐怖受難者sio-siâng，tiō án-ne失去伊ê性命。伊tī 1956年7月24 hông銃殺，hit年，伊才29歲niā-niā。

「國語補習班」到底是毋是真正leh吸收黨員，tsiânn-tsuè共產黨台灣重要ê根據地？到tann lóng無法度確定。毋過，咱會當ioh tio̍h白色恐怖時期，政府會去打壓hâm in想法無仝ê人，思想自由受tio̍h高壓控制，身軀邊關心社會時事、敢講老實話ê人，一个一个「hông消失」，koh再出現ê時，已經tsiânn-tsuè報紙頂懸hông銃殺ê新聞，若無tiō是hông掠去關ê消息。Tī tsit款ê環境，思想m̄-nā毋是思考，而且是有罪ê。

Khioh-tio̍h薰篋á

丁窈窕hông關ê期間，伊tī監獄內底，tng-tio̍h仝款是台南人ê老朋友郭振純先生。郭桑hit-tong-sî因為去幫

台南黨外市長葉廷珪助選，hông掠去關。Tiàm伊ê自傳式小說《耕番薯園的人》tsit本冊內底，伊用寫小說ê方式，重現伊tī軍法處關押ê時，hâm丁窈窕相tú ê經過：關tiàm監獄內底聽候判刑ê時，郭振純看tiòh丁窈窕抱伊tī監牢內底生ê gín-á去醫務室注射。郭振純thiau-kang thèh喙鬚khau-á kā家己割tiòh傷，趁tsit个機會去醫務室見丁窈窕。丁窈窕kā伊講，家己死罪難逃，明á載會kā一个樂園薰篋á擲tī放封場邊á ê樹á跤，愛伊會記得去khioh。

隔工，郭振純tsin-tsiànn揣tiòh丁窈窕khǹg tiàm hia ê薰篋á，內底有留hōo伊ê信物——一簇伊ê頭毛。郭桑kā藏tī-leh伊ê一本字典內底，伴伊度過22冬外ê關押生活。原底hông判無期徒刑ê郭振純，因為蔣介石過身得tiòh特赦，tī 1975年出獄。出獄了後，伊才知影丁窈窕tī 20冬前tiō hông銃殺。想袂到，hit工是in兩人上尾擺見面。

藏tī樹á跤ê自由夢

後來，郭振純決定beh離開台灣，去「瓜地馬拉」（Guatemala）發展。離開進前，伊kā丁窈窕留hōo伊ê信物，埋tī tsit-má台南女中運動埕邊á一欉金龜樹下跤。因為郭振純iah會記得丁窈窕捌講過，tī二高女ê時，是伊tsit世人上歡喜ê日子。Iah毋過，丁窈窕早前讀ê二高女，校地tsit-má已經改做中山國中，郭振純埋信物ê台南女中，是日治時期ê第一高女。雖bóng學校ê所在已經無全，埋頭毛猶原有紀念ê意義kap價值，台南女中運動埕邊á ê金龜樹，suà tsiânn-tsuè校園內底重要ê人權地景。

2015年8月風颱「蘇迪勒」（Soudelor）kā台南女中校園內底ê人權樹吹倒，國家人權博物館籌備處suî派人